SONNETS

ET

EAUX-FORTES

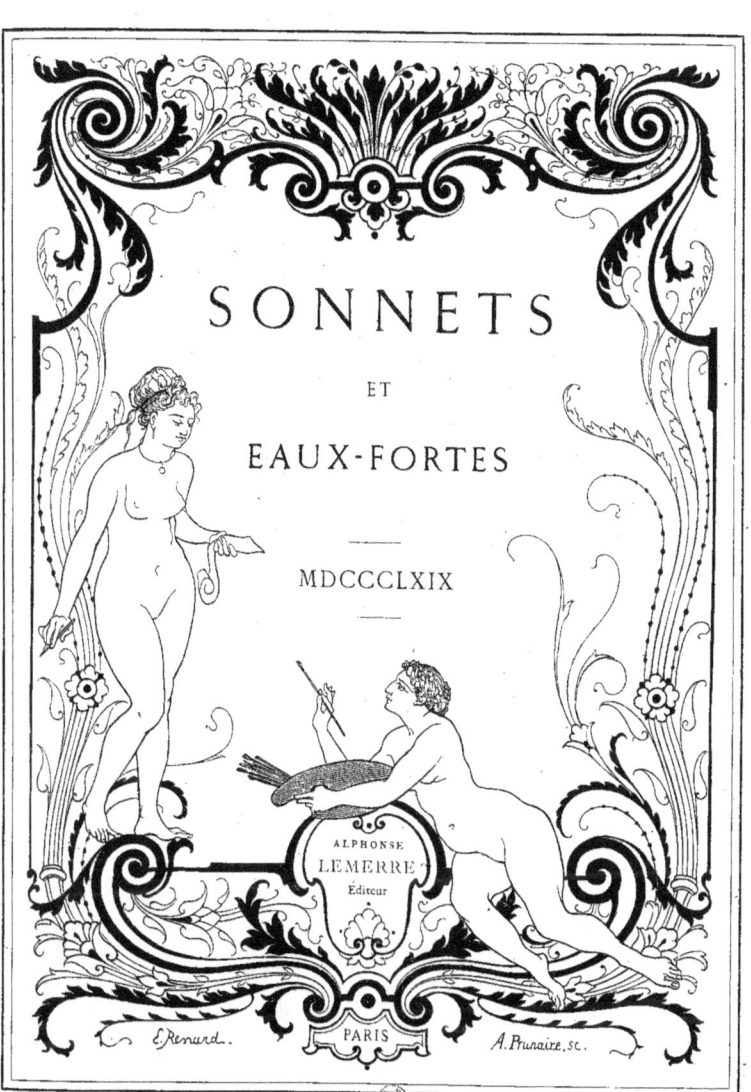

SONNETS

ET

EAUX-FORTES

———

MDCCCLXIX

ALPHONSE
LEMERRE
Éditeur

PARIS

E. Renard.　　　A. Prunaire, sc.

AUX POÈTES

ET

AUX ARTISTES

QUI ONT COLLABORÉ A CETTE ŒUVRE

A M. PHILIPPE BURTY

QUI EN A DIRIGÉ L'ILLUSTRATION

L'ÉDITEUR RECONNAISSANT

A. LEMERRE

3

JEAN AICARD

LA MER.

Eau-forte

PAR

LÉON GAUCHEREL.

I

4

LA MER

La falaise s'effondre & s'affaisse; un vieux chêne
Tortueux se cramponne à son flanc crevassé,
Et, faible, il pend, d'un long effort enfin lassé,
Prêt à choir quand le vent du large se déchaîne;

Une blanche mouette, un moment incertaine,
Tombe des cieux aux flots comme un oiseau blessé;
Dans les galets, en bas, sur sa quille dressé,
Un bateau frêle incline en avant sa carène.

Ainsi : — le sol croulant, l'arbre & l'oiseau, l'esquif
Au penchant de la plage à grand' peine captif,
On croirait que tout cède à la loi du vertige,

Et que, pour l'engloutir malgré l'éloignement,
Par un mystérieux & souverain prestige
La mer attire tout vers elle lentement.

AUTRAN

LE MASQUE.

Eau-forte

PAR

ÉMILE LÉVY.

LE MASQUE

A M...

Nous avons joué, l'autre soir,
Sans public, sans témoin profane,
Dans le huis clos du vieux manoir,
Une scène d'Aristophane.

Nous parlions grec sans le savoir.
Un docte abbé dans sa soutane
Psalmodiait (quel mal y voir?)
Le rôle de la courtisane.

Nous étions seuls, mon cher absent!
Le succès fut étourdissant;
Que ne vis-tu cette folie?

La lune au ciel, un peu pâlie,
Nous regardait, — apparaissant
Comme le masque de Thalie.

THÉODORE DE BANVILLE

PROMENADE GALANTE.

Eau-forte

PAR

EDMOND MORIN.

2

PROMENADE GALANTE

Dans le parc au noble dessin
Où s'égarent les Cydalises
Parmi les fontaines surprises
Dans le marbre du clair bassin,

Iris, que suit un jeune essaim,
Philis, Églé, nymphes éprises,
Avec leurs plumes indécises,
En manteau court, montrant leur sein,

Lycaste, Myrtil & Sylvandre
Vont, parmi la verdure tendre,
Vers les grands feuillages dormants.

Ils errent dans le matin blême,
Tous vêtus de satin, charmants
Et tristes comme l'Amour même.

AUGUSTE BARBIER

ΤῸ ΚΑΛΌΝ.

Eau-forte

PAR

GIACOMOTTI

TÒ ΚΑΛΌΝ

O Sirène de l'âme, ô gráce, ô majesté
Qui domines le monde & sur tes pas entraínes
Tous les êtres roulant des flammes en leurs veines,
A tes amants combien tu coûtes, ô Beauté!

Que tu sois pur esprit, blanche divinité
Venant du clair azur des éternelles plaines,
Ou bloc de chair sensible aux formes souveraines
Et qu'en son meilleur jour la nature ait sculpté,

Ève ou muse, n'importe! il faut par des supplices
Acheter le sublime éclair de tes délices
Et payer cher l'extase où nos cœurs sont noyés.

Cruelle idole, il faut vivre pour toi sur terre
Dans les pleurs, le mépris, la haine, la misère,
Et même de son sang parfois rougir tes piés!

LOUIS BOUILHET

LE SANG DES GÉANTS.

Eau-forte

PAR

CÉLESTIN NANTEUIL.

LE SANG DES GÉANTS

Quand les géants, tordus sous la foudre qui gronde,
Eurent enfin payé leur complot hasardeux,
La terre but le sang qui stagnait autour d'eux
Comme un linceul de pourpre étalé sur le monde !

On dit que, prise alors d'une pitié profonde,
Elle cria : Vengeance !... &, pour punir les dieux,
Fit du sable fumant sortir le cep joyeux
D'où l'orgueil indompté coule à flots comme une onde !

De là, cette colère & ces fougueux transports,
Dès que l'homme, ici-bas, goûte à ce sang des morts
Qui garde jusqu'à nous sa rancune éternelle !

O vigne, ton audace a gonflé nos poumons,
Et, sous ton noir ferment de haine originelle,
Bout encor le désir d'escalader les monts !

HENRI CAZALIS

LE SPHINX.

Eau-forte

PAR

QUEYROY.

LE SPHINX

Il est au bord du Nil un sphinx de granit rose,
Qui, depuis sept mille ans immobile en sa pose,
Contemple à l'horizon les races se lever
Pour naître & pour mourir, & ne rien achever.

Il garde, ayant tout vu, son sourire morose;
Il sait que dans la mort s'écroule toute chose,
Et que rien du néant ne se pourra sauver :
Et devant Dieu, la nuit, il se met à rêver.

Des étoiles d'argent s'épanche une lumière
Impassible. Le sphinx avec ses yeux de pierre
Regarde fixement ces astres sans émoi,

Et dans ce grand silence alors on l'entend dire :
« Astres, qui comme moi gardez votre sourire,
Étes-vous donc aussi de pierre, comme moi? »

A. Queyroy.

LÉON CLADEL

LE LION.

Eau-forte

PAR

GUSTAVE DORÉ.

4

LE LION

C'était un familier des gorges du Dahran :
Les échos éclataient à sa voix de tonnerre,
Et les aigles, groupés à la bouche d'une aire,
N'osaient pas regarder sa robe de safran.

Les graves chameliers qui chantent le Koran,
Le voyant accroupi sous la clarté lunaire,
Disaient : « C'est le lion auguste & débonnaire
Toujours doux à l'esclave & féroce au tyran! »

Et les petits oiseaux le frôlaient de leurs ailes,
Lorsqu'il rêvait, austère, au milieu des gazelles,
Méditant on ne sait quelles rébellions.

Mais quand il rugissait, gonflant son encolure
Et ruant dans les vents sa grande chevelure,
Tout tremblait : l'aigle & l'air, la terre & les lions!

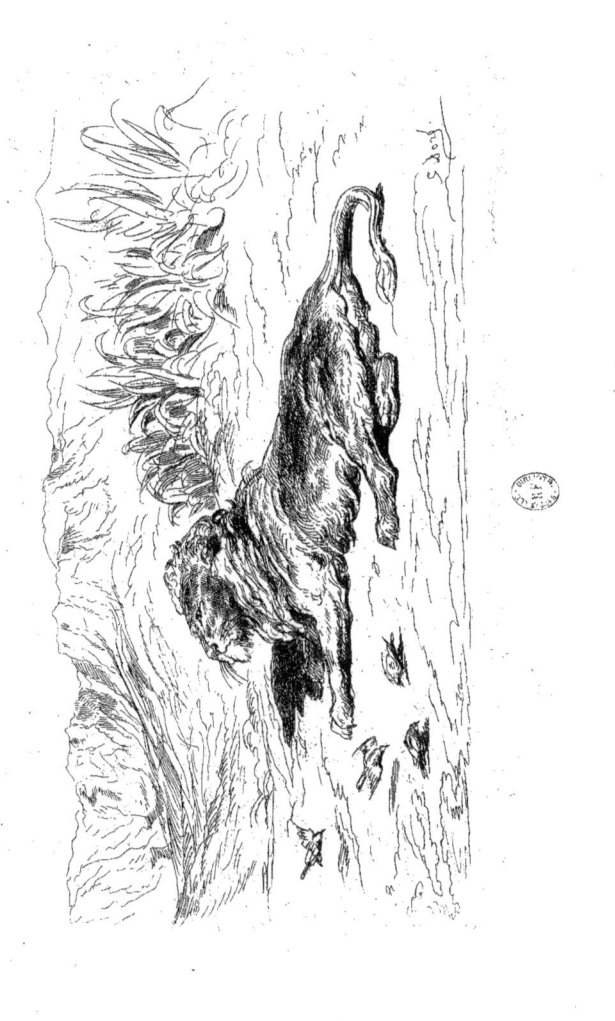

FRANÇOIS COPPÉE

LE FILS DE LOUIS XI.

Eau-forte

PAR

CHARLES COURTRY.

LE FILS DE LOUIS XI

Sur le balcon de fer du noir donjon de Loches,
Monseigneur le dauphin Charles de France, en deuil,
Dominant la Touraine immense d'un coup d'œil,
Écoute dans le soir mourir le son des cloches.

L'enfant captif envie, humble cœur sans orgueil,
Ceux qu'il voit revenir des champs, portant leurs pioches,
Et, flairant l'âcre odeur des potences trop proches,
Songe à l'archer d'Écosse immobile à son seuil.

L'enfant prince a douze ans, mais ne sait pas encore
Combien grands sont les lys du blason qui décore
L'ogive sous laquelle il rêve, pâle & seul.

Il ignore Dunois, Xaintrailles & La Hire,
Et la Pucelle & son victorieux aïeul.
—— Monseigneur le dauphin Charles ne sait pas lire.

ANTONI DESCHAMPS

SUPPLICE DE JUDAS.

Eau-forte

PAR

VEYRASSAT.

5

SUPPLICE DE JUDAS DANS L'ENFER

Quand, tout couvert du sang de la grande victime,
Judas, tombant enfin de son arbre fatal,
Et roulant dans le fond de l'éternel abîme
De degrés en degrés au royaume infernal,

Sentit ses os siffler en leur moelle intime,
Ses chairs se calciner & puis l'Esprit du mal
Le traîner palpitant du remords de son crime
Aux pieds du dernier juge & sous son tribunal,

Satan, à son aspect sur le sombre rivage,
D'un sourire subit dérida son visage,
Et, de ses bras puissants entourant le damné,

Comme un amant là-haut embrasse son amante,
Serein, il lui rendit, de sa bouche fumante,
Le baiser que le traître au Christ avait donné!

J.Veyrassat.

ÉMILE DESCHAMPS

DERNIER MIRAGE.

Eau-forte

PAR

RANVIER.

DERNIER MIRAGE

Quelquefois, prestige réel,
Né de la volonté suprême,
Quelquefois, — & je l'ai moi-même
Observé dans un jour cruel, —

Lorsque après l'âcre & sombre miel
Des adieux aux têtes qu'elle aime,
Une mère, épuisée & blême,
Vient de rendre son âme au ciel,

Le rose apparaît sur sa joue :
Il semble qu'un sourire joue
Sur sa lèvre & son front qui dort ;

Un rayon léger les effleure,
Le charme se prolonge une heure...
C'est la jeunesse de la mort !

LÉON DIERX

RÉVOLTE.

Eau-forte

PAR

G. HOWARD.

6

RÉVOLTE

Car les bois ont aussi leurs jours d'ennui hautain,
Et, las de tordre au vent leurs grands bras séculaires,
S'enveloppent alors d'immobiles colères;
Et leur mépris muet insulte le destin.

Ni chevreuils, ni ramiers chanteurs, ni sources claires;
La forêt ne veut plus sourire au vieux matin,
Et, refoulant la vie aux plaines du lointain,
Arborera l'orgueil des douleurs sans salaires.

O bois! premiers enfants de la terre! grands bois!
Moi, dont l'âme en votre âme habite, & vous contemple,
Je sens les piliers prêts à maudire le temple.

Un jour, demain peut-être, arbres aux longs abois,
Quand le banal printemps reverdira nos fêtes,
Tous, vous resterez noirs, des racines aux faîtes.

G. Howard

EMMANUEL DES ESSARTS

LES INCROYABLES.

Eau-forte

PAR

JUNDT.

LES INCROYABLES

Fantoches à la mode, automates mondains,
Submergés dans des flots de cravate, lunettes
En arrêt, & pareils à des marionnettes,
Les étranges galants que tous ces muscadins !

Engeance hermaphrodite, à travers les jardins
Ils vont en zézayant d'enfantines sornettes,
Portent chignon de femme & molles cadenettes,
Et brandissent avec fracas d'affreux gourdins.

C'est en habit vert-pomme, en chapeau qui gondole,
En pantalon nankin qu'auprès de leur idole,
Copistes des marquis, ils font aussi leur cour.

Mais cet accoutrement, dont le seul ministère
Semble d'effaroucher les oiseaux de l'Amour,
Leur prête l'air vainqueur de Jocrisse à Cythère.

ANATOLE FRANCE

UN SÉNATEUR ROMAIN.

Eau-forte

PAR

GÉROME.

UN SÉNATEUR ROMAIN

César sur le pavé de la salle déserte
Gît, drapé dans sa toge & dans sa majesté.
Le bronze de Pompée avec sa lèvre verte
A ce cadavre blanc sourit ensanglanté.

L'âme qui vient de fuir par une route ouverte
Sous le fer de Brutus & de la Liberté,
Triste, voltige autour de sa dépouille inerte
Où l'indulgente Mort mit sa pâle beauté.

Et sur le marbre nu des bancs, tout seul au centre,
Des mouvements égaux de son énorme ventre
Rhythmant ses ronflements, dort un vieux sénateur.

Le silence l'éveille &, l'œil trouble, il s'écrie
D'un ton rauque, à travers l'horreur de la curie :
« Je vote la couronne à César dictateur ! »

THÉOPHILE GAUTIER

PROMENADE HORS DES MURS.

Eau-forte

PAR

LEYS.

PROMENADE HORS DES MURS

Une ville gothique, avec tout son détail,
Pignons, clochers & tours, forme la perspective ;
Par les portes s'élance une foule hâtive,
Car déjà le printemps des prés verdit l'émail.

Le bourgeois s'endimanche & quitte son travail ;
L'amoureux par le doigt tient l'amante craintive,
D'une grâce un peu roide, ainsi que sous l'ogive
Une sainte en prison dans le plomb d'un vitrail.

Quittant, par ce beau jour, bouquins, matras, cornues,
Le docteur Faust, avec son famulus Wagner,
S'est assis sur un banc & jouit du bon air.

Il vous semble revoir des figures connues :
Wolgemuth & Cranach les gravèrent sur bois,
Et Leys les fait revivre une seconde fois.

ALBERT GLATIGNY

LE ROMAN COMIQUE.

Eau-forte

PAR

FÉLIX RÉGAMEY.

8

LE ROMAN COMIQUE

La route est gaie. On est descendu. Les chevaux
Soufflent devant l'auberge. On voit sur la voiture
Des objets singuliers jetés à l'aventure,
Des loques, une pique avec de vieux chapeaux.

Une femme, en riant, écoute les propos
Amoureux d'un grand drôle à la maigre structure.
Le père noble boit, & le conducteur jure.
Le village s'émeut de ces profils nouveaux.

En route! & l'on repart. L'un, sur l'impériale,
Laisse pendre une jambe exagérée. Au loin
Le soleil rit, & l'air est plein d'odeur de foin.

Destin rêve à demi, couché sur une malle,
Et le roman comique, au coin de la forêt,
Tourne un chemin rapide & creux, & disparaît.

ÉDOUARD GRENIER

LA SULINA.

Eau-forte

PAR

E. EDWARDS.

LA SULINA

Quand j'ai franchi ta passe, ô Sulina ! mes yeux
Ont pu compter, au pied du double promontoire,
Vingt navires brisés, mornes, silencieux,
Que battaient sans répit les flots de la mer Noire.

Comme ces chars rompus, versés sur leurs essieux,
Qui hérissent le sol où passa la victoire,
Chacun, tournant sa quille ou ses mâts vers les cieux,
Leur racontait la même & lamentable histoire.

Et moi, l'esprit perdu dans un regret amer,
Je me disais : « Le monde est comme cette mer ;
Les écueils sont partout ; malheur à qui dévie !

Jeune ou vieux, faible ou fort, fier ou découragé,
Tous sombrent. Qui de nous n'est pas un naufragé ?
Oh ! quelle Sulina terrible que la vie ! »

JOSÉ MARIA DE HEREDIA

LES CONQUÉRANTS.

Eau-forte

PAR

CLAUDIUS POPELIN.

LES CONQUÉRANTS

Comme un vol de gerfauts hors du charnier natal,
Fatigués de porter leurs misères hautaines,
De Palos de Moguer, routiers & capitaines
Partaient, ivres d'un rêve héroïque & brutal.

Ils allaient conquérir le fabuleux métal
Que Cipango mûrit dans ses mines lointaines,
Et les vents alizés inclinaient leurs antennes
Aux bords mystérieux du monde occidental.

Chaque soir, espérant des lendemains épiques,
L'azur phosphorescent de la mer des Tropiques
Enchantait leur sommeil d'un mirage doré ;

Ou, penchés à l'avant des blanches caravelles,
Ils regardaient monter dans un ciel ignoré
Du fond de l'Océan des étoiles nouvelles.

ERNEST D'HERVILLY.

LA ROOKERY.

Eau-forte

PAR

SEYMOUR HADEN.

LA ROOKERY

Les chênes ont gardé le vieil alignement;
L'avenue est immense où le vent de mer sonne,
Héraut sombre, à plein cor, &, dans l'éloignement
On voit les ais disjoints d'une porte saxonne.

Aux rameaux de chaque arbre écimé, qui frissonne
Et paillette le sol de feuilles, par moment,
Se balancent les nids énormes que façonne,
Pour cent ans, le corbeau fidèle, gravement.

La noble Rookery, sur le ciel d'un gris tendre,
Découpe encor ses nids par milliers, mais dans l'air
De gais croassements ne se font plus entendre,

Et le Lord est couché, que vous rendiez si fier,
Sous un marbre déjà rongé par la bruine,
O grands nids désertés! ô portail en ruine!

ARSÈNE HOUSSAYE

LE PAYS INCONNU.

Eau-forte

PAR

TANCRÈDE ABRAHAM.

LE PAYS INCONNU

Adieu, je vais partir ; déjà la Poésie,
Descendant jusqu'à moi, vient me donner la main.
Je pars, mais sans savoir où je serai demain,
Aux forêts d'Amérique, aux fleuves d'or d'Asie ?

Je pars ! je vais partout où va ma Fantaisie,
Ici-bas nul ne peut m'indiquer mon chemin,
Je vais à l'Idéal, — ô vieil orgueil humain ! —
Cherchant la vision que je n'ai pas saisie.

Oui, comme la Mignon du rêveur allemand,
Les yeux vagues, levés vers le bleu firmament,
Sans voir jamais le puits où l'astrologue tombe,

Je vais cherchant toujours le pays inconnu,
D'où — regret éternel ! — tout poète est venu,
Mais qu'il ne reverra qu'en passant par la tombe.

GEORGES LAFENESTRE

LA FONTAINE.

Eau-forte

PAR

LANSYER.

LA FONTAINE

Comme un serpent agile effleurant le gazon,
D'un trait la source échappe à sa nuit souterraine,
Vers la mer, vers la mer, tire & fuit hors d'haleine,
Folle, & bondissant d'aise en un large horizon.

A ce bruit frais qui tinte au pied de leur maison,
Les femmes ont couru, par la dune incertaine,
L'urne au front, vers la cuve où la jeune fontaine
Déjà dans le granit a trouvé sa prison.

L'eau sanglote à pleins bords dans les vases qu'on penche,
Tandis qu'elles, debout, le bras nu sur la hanche,
Babillent, sans veiller à ces pleurs ralentis,

Ou, parfois, plongent l'œil au bleu des grandes lames
Qui déferlent sans trêve, au loin, jetant leurs âmes
Vers des cieux inconnus & des marins partis.

Daubigny sc.

K. Salmon imp.

VICTOR DE LAPRADE

AU BORD DU PUITS.

Eau-forte

PAR

FRANÇAIS.

AU BORD DU PUITS

Le puits profond était poli comme un miroir ;
Le ciel s'y reflétait tout bleu, pur de nuages,
Formant d'or & d'azur un nimbe aux frais visages
Des amoureux penchés & ravis de s'y voir.

Sur le riant cristal encadré d'un mur noir
Se jouaient leurs yeux vifs en mille badinages ;
Lancés du bout des doigts, entre les deux images,
Des baisers voltigeaient dans le sombre couloir.

Voici qu'aux doux signaux & qu'à l'œillade folle
La source en bouillonnant vient ôter la parole ;
Du flot qui les traduit le sourire est moins clair.

Or, pour mieux se parler, dans ces brèves tempêtes,
Mêlant leurs cheveux blonds, ils rapprochaient leurs têtes,
Et les baisers cessaient de se perdre dans l'air.

LAURENT-PICHAT

RÊVERIE.

Eau-forte

PAR

JULES HÉREAU.

RÊVERIE

Un grand parc, au printemps, près d'un gentil castel.
Deux jeunes filles vont, humant la matinée,
Et sans doute le cœur plein d'un rêve immortel.
Elles causent. La plus jeune dit à l'aînée :

« Il est bien, mais pas riche ! Il me faut par année
Vingt mille francs de frais de toilette, un hôtel,
Un château, que veux-tu ? c'est notre destinée !
Et le pauvre garçon ne m'offre rien de tel...

— Quel malheur, dit l'amie ; il t'aime, & toi, tu l'aimes !
— Hélas ! reprit l'enfant, la vie a ses problèmes... »
Puis levant ses grands yeux d'un impassible azur :

« Beau, jeune, il me plaisait d'esprit & de visage !
Oui, mais pas de fortune ! Il faut se montrer sage !
Par exemple, avec lui, le bonheur était sûr ! »

LECONTE DE LISLE

LE COMBAT HOMÉRIQUE.

Eau-forte

PAR

LÉOPOLD FLAMENG.

LE COMBAT HOMÉRIQUE

De même qu'au soleil l'horrible essaim des mouches
Des taureaux égorgés couvre les cuirs velus,
Un tourbillon guerrier de peuples chevelus
Hors des nefs s'épaissit, plein de clameurs farouches.

Tout roule & se confond, souffle rauque des bouches,
Bruit des coups, les vivants & ceux qui ne sont plus,
Chars vides, étalons cabrés, flux & reflux
Des boucliers d'airain hérissés d'éclairs louches.

Les reptiles tordus au front, les yeux ardents,
L'aboyeuse Gorgô vole & grince des dents
Par la plaine où le sang exhale ses buées.

Zeus, sur le pavé d'or, se lève, furieux,
Et voici que la troupe héroïque des dieux
Bondit dans le combat, du faîte des nuées.

Eug. Flameng

ANDRÉ LEMOYNE

PAYSAGE NORMAND.

Eau-forte

PAR

COROT.

PAYSAGE NORMAND

J'aime à suivre le bord des petites rivières
Qui cheminent sans bruit dans les bas-fonds herbeux.
A leur fil d'argent clair viennent boire les bœufs
Et tournoyer le vol des jaunes lavandières.

J'en sais qui passent loin des grands fleuves bourbeux,
Diaphanes miroirs des plantes printanières;
Et les reines-des-prés s'y penchent les premières,
En écoutant jaser cinq ou six flots verbeux.

Ma petite rivière a la mer pour voisine :
Plus d'un martin-pêcheur vêtu d'aigue-marine
Coupe, sans y songer, le vol du goëland;

Et parfois, ébloui de l'immensité bleue,
L'oiseau dépaysé, d'un brusque tour de queue,
Vers les saules remonte & va tout droit filant.

ROBERT LUZARCHE

BATAVIA.

Eau-forte

PAR

JONGKINDT

BATAVIA

La Hollande me plaît ; j'adore en ses laideurs
Autant qu'en ses beautés, sous un ciel monotone,
Ce pays terne & froid comme une fin d'automne,
Rayé de canaux verts aux calmes profondeurs.

J'aime ses cabarets encombrés de fumeurs
Et d'énormes barils ventrus où l'on entonne
Le genièvre ; ses vieux marins que rien n'étonne,
Et ses immenses quais remplis d'âcres odeurs.

Parfois même, en hiver, il m'a pris fantaisie
D'aller goûter encor l'étrange poésie
De ses marais sans fin, de son pâle soleil

Que je voyais le soir, dans les horizons vagues,
S'éteindre tristement parmi les eaux sans vagues
Qui dorment dans les prés vastes d'un lourd sommeil.

GABRIEL MARC

LE VERGER.

Eau-forte

PAR

DAUBIGNY.

LE VERGER

Un pré vert au printemps. Des fleurs & du soleil.
Un verger souriant de sa métamorphose.
Pas d'horizon, mais un fouillis bleuâtre & rose
Semé des diamants de l'aube à son réveil.

Des amandiers couverts d'un blanc duvet pareil
Aux neiges, des pêchers à la fleur demi-close
Se mirant dans le clair ruisseau qui les arrose ;
Et cet ensemble est frais, rayonnant & vermeil.

Regardez : sous le fin brouillard qui s'évapore,
Jeunes comme l'espoir, charmants comme l'aurore,
Ravis par le sourire ineffable de mai

Et par le doux gazon tapissé de pervenches,
Deux amoureux, buvant le zéphir embaumé,
Suivent l'étroit sentier qui se perd sous les branches.

Daubigny. 1865.

JUDITH MENDÈS

LA PIVOINE.

Eau-forte

PAR

JACQUEMART

LA PIVOINE

Elle riait, collant son front lisse au treillage,
De voir trembler dans l'or du ciel occidental
Les miaos pointus aux sept toits de métal
Et de compter sur l'eau les perles d'un sillage.

Près d'une porcelaine où, seule & sans feuillage,
Une pivoine rêve à son jardin natal,
Elle faisait chanter la flûte de santal,
Ou peignait d'oiseaux fins le dos d'un coquillage.

Pourquoi donc, oubliant les soirs de cuivre roux,
Les jonques & le son du santal à huit trous,
Mordille-t-elle un ongle étroit, teint d'antimoine ?

C'est qu'elle a vu passer, doux en la regardant,
Un poëte. Son front n'a plus qu'un rêve ardent,
Comme une porcelaine où trempe une pivoine.

牡丹

CATULLE MENDÈS

THÉODORA.

Eau-forte

PAR

INGOMAR FRANKEL.

THÉODORA

(914)

Dans la salle claustrale, énorme, aux bas arceaux,
La règle stricte étant le jeûne & le silence,
Cent prélats, bruyamment, vautrent leur corpulence
Devant de grands quartiers de bœufs & de pourceaux.

Rubiconde, aux cheveux pareils à deux ruisseaux
D'or rouge, aux lourds seins nus dont l'ampleur se balance,
Théodora, dans sa bestiale indolence,
Leur étale son corps en glorieux monceaux.

Eux donc, le Diable ayant l'Église pour convive,
Flairent la victuaille & hument la peau vive ;
Lequel choisir des deux péchés qui leur sont chers ?

Ils craignent qu'un plaisir de l'autre ne les sèvre,
Et par le doute impur qui leur crispe la lèvre
S'accroît leur double faim des viandes & des chairs.

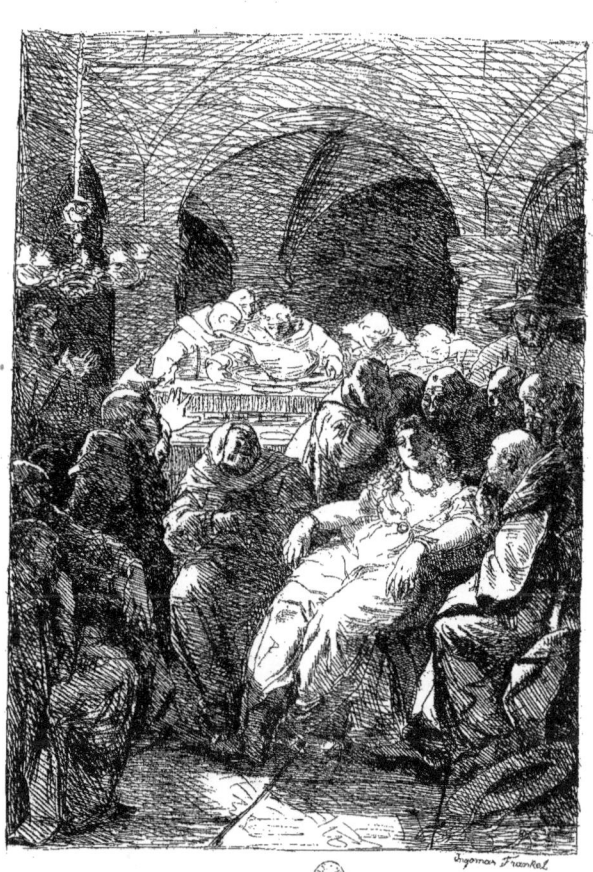

ALBERT MÉRAT

SUR UNE

COMPOSITION DE F. MILLET.

Eau-forte

PAR

F. MILLET.

COMPOSITION DE F. MILLET.

C'est la terre sans fleurs de pourpre & sans décor,
Le champ dur qui nourrit les bras & leur résiste.
Septembre dans le ciel a mis sa pâleur triste,
Et le soir au couchant se lit en un trait d'or.

L'heure qui vient n'a pas de fantômes encor,
Mais des solennités où le contour persiste.
Le tableau se déroule ample, sans jeu d'artiste :
On dirait un poëme ancien d'un grand essor.

Deux jeunes filles font vivre le paysage;
L'une grave & debout, l'autre dont le visage
Est comme un fruit d'été substantiel & clair.

Leur front ne pense pas, leurs yeux rêvent à peine;
Mais, subissant le rhythme austère de la plaine,
Elles suivent un vol de cigognes dans l'air.

PAUL MEURICE

L'ÉCLAIR.

Dessin

PAR

VICTOR HUGO.

L'ÉCLAIR

À V. H.

Les ténèbres partout. L'ouragan & le soir
Font le ciel invisible & la campagne obscure,
Et versent à flots lourds, sur la sourde nature,
Sur l'aveugle cité, du clocher au manoir,

La nuit, la froide nuit pareille au désespoir.
Les ténèbres partout... Non! la nuée impure
Éclate; un trait de feu luit dans la déchirure,
Et d'un sillon vainqueur ouvre l'horizon noir.

Ainsi, dans un pays éteint, dans un temps sombre,
Dans le cercle étouffant où la tristesse & l'ombre
Laissent l'âme sans jour & l'haleine sans air,

Ton livre ardent nous force à relever la tête,
Et fait, prenant la flamme à même la tempête,
Se rouvrir tout entier le ciel dans un éclair.

CLAUDIUS POPELIN

LE

DERNIER AMOUR DE CHARLEMAGNE.

Eau-forte

PAR

EHRMANN.

LE DERNIER AMOUR DE CHARLEMAGNE

Grave & majestueux, sous le haut baldaquin
Il est assis. Sa main victorieuse ajuste
Sa barbe blanche éparse au-devant de son buste :
Charlemagne empereur de l'Occident latin.

Celui que Léon trois, sur le mont Palatin,
A proclamé le fort, l'invincible & le juste,
Le monarque pieux & le César-Auguste,
Il rêve, un vague ennui charge son front hautain.

Car il aime la fée étincelante & belle
Qui chante dans les eaux du burg d'Aix-la-Chapelle,
Où le cœur du vieux Franc dans l'ombre bat encor ;

Et la main qui soutient la sphérule du monde,
En gage d'hyménée, à la Sirène blonde
A, dans les flots muets, jeté son anneau d'or.

ARMAND RENAUD

FLEUR EXOTIQUE.

Eau-forte

PAR

MANET.

FLEUR EXOTIQUE

Vous désirez ce corps langoureux dans la force,
Fait d'un ange mystique & d'un bel animal,
Ces cheveux bruns, contraste à la pâleur du torse,
Ces grands yeux reposant dans le calme normal;

Mais vous ne savez pas si toute cette amorce
De chair épanouie en calice aromal
Vient du profond de l'être, ou ne tient qu'à l'écorce :
Ne le sachez jamais, la science est le mal!

Luth en main, laissez-la, fuyant le poids d'un voile,
S'étendre dans la nuit du boudoir qu'elle étoile,
De l'angoisse du cœur chanter le Requiem.

Elle vient d'Orient, où l'amour est mystère.
N'y cherchez que l'extase, & laissez-la se taire,
L'énigme féminine aux senteurs de harem.

LOUIS-XAVIER DE RICARD

THÉROIGNE DE MÉRICOURT.

Eau-forte

PAR

VICTOR GIRAUD.

THÉROIGNE DE MÉRICOURT

Voyez : sous une nuit triste, qui fond en eau,
L'assaut tumultueux des femmes en guenilles,
Sombres, hurlant des cris de faim, s'entasse aux grilles.
Tranquille, au loin, le parc est noir comme un tombeau.

Étonnés de ce peuple, autrefois vil troupeau,
Et que les lourds canons aient quitté les bastilles
Pour obéir aux mains qui tenaient les aiguilles,
Les gardes sont rangés devant le vieux château.

Et voici que, pareille à l'étoile sanglante
Que les flots de la mer sinistre & violente
Font jaillir dans le ciel orageux de la nuit,

Sur un cheval cabré, parmi la foule, éclate
Farouche, & brandissant un sabre nu qui luit,
La belle Liégeoise, amazone écarlate !

SAINTE-BEUVE

LE PONT DES ARTS.

Eau-forte

PAR

MAXIME LALANNE.

LE PONT DES ARTS

Par un ciel étoilé, sur ce beau pont des Arts,
Revenant tard & seul de la cité qui gronde,
J'ai mille fois rêvé que l'Éden en ce monde
Serait de mener là mon ange aux doux regards ;

De fuir boue & passants, les cris, le vice épars ;
De lui montrer le ciel, la lune éclairant l'onde,
Les constellations dans leur courbe profonde
Planant sur ce vain bruit des hommes & des chars.

J'ai rêvé lui donner un bouquet au passage ;
A la rampe accoudé ne voir que son visage,
Ou l'asseoir sur ces bancs d'un mol éclat blanchis ;

Et, quand son âme est pleine & sa voix oppressée,
L'entendre désirer de gagner le logis,
Suspendant à mon bras sa marche un peu lassée.

UNE GRANDE DOULEUR.

Eau-forte

PAR

RIBOT.

UNE GRANDE DOULEUR

Comme il vient de porter sa pauvre femme en terre,
Et qu'on est d'humeur triste un jour d'enterrement,
Au prochain cabaret il entre sans mystère ;
Sur les choses du cœur c'est là son sentiment.

Il se prouve en buvant que la vie est sévère,
Et, vu que tout bonheur ne dure qu'un moment,
Il regarde finir mélancoliquement
Le tabac dans sa pipe & le vin dans son verre.

Deux voisins, ses amis, sont là-bas, chuchotant
Qu'il ne survivra pas à la défunte, en tant
Qu'elle était au travail aussi brave que quatre.

Et lui songe, les yeux d'une larme rougis,
Qu'il va rentrer, ce soir, ivre-mort au logis,
Bien chagrin de n'y plus trouver personne à battre.

SULLY PRUDHOMME

SILENCE ET NUIT DES BOIS.

Eau-forte

PAR

HÉDOUIN.

SILENCE ET NUIT DES BOIS

Il est plus d'un silence, il est plus d'une nuit,
Car chaque solitude a son propre mystère;
Les bois ont donc aussi leur façon de se taire
Et d'être obscurs aux yeux que le rêve y conduit.

On sent dans leur silence errer l'âme du bruit,
Et dans leur nuit vibrer l'âme de la lumière;
Leur mystère est vivant : chaque homme, à sa manière,
Selon ses souvenirs l'éprouve & le traduit.

La nuit des bois fait naître une aube de pensées,
Et, favorable au vol des strophes cadencées,
Leur silence est ailé comme l'oiseau qui dort.

Puis le cœur, dans les bois, se donne sans effort :
Leur nuit rend plus profonds les regards qu'on y lance,
Et les aveux d'amour se font de leur silence.

Ed Hédouin

ARMAND SILVESTRE

NÉNUPHARS.

Eau-forte

PAR

FEYEN-PERRIN.

NÉNUPHARS

Sur l'eau morte & pareille aux espaces arides
Où le palmier surgit dans les sables brûlants,
Le nénuphar emplit de parfums somnolents
L'air pesant où s'endort le vol des cantharides.

Sur l'eau morte, à l'aspect uni comme les flancs
D'une vierge qui montre aux cieux son corps sans rides,
Le nénuphar, nombril des chastes Néréides,
Creuse la lèvre en fleur de ses calices blancs.

Sur l'eau morte, entr'ouvrant sa corolle mystique,
Le nénuphar m'apporte un souvenir antique :
— Vénus marmoréenne, éternelle beauté,

Ton image me vient de l'immobilité,
Et sous ton front poli je vois tes yeux de pierre
Comme les nénuphars profonds & sans paupière.

ANDRÉ THEURIET

SOUVENIR DU BAS-BRÉAU.

Eau-forte

PAR

MICHELIN

SOUVENIR DU BAS-BRÉAU

Les hêtres blancs & droits élancent haut leur voûte :
A leurs pieds, la fougère & la mousse au passant
Offrent des lits moelleux où le sommeil descend
Lentement, comme un miel distillé goutte à goutte.

Une lumière, en pluie impalpable dissoute,
Répand sous la feuillée un jour phosphorescent
Où des papillons bruns monte l'essaim dansant,
Où le glauque lézard, tapi dans l'herbe, écoute...

Aucun bruit, si ce n'est, comme un son de hautbois,
Le chant d'un loriot qui traverse les bois,
En quête d'un enclos plein de cerises mûres.

Partout une ombre fraîche, & là-bas, tout au fond,
Dans l'entrelacement des confuses ramures,
De rares coins de ciel d'un bleu pur & profond.

AUGUSTE VACQUERIE

L'ÉCLIPSE.

Eau-forte

PAR

BRACQUEMOND.

L'ÉCLIPSE

Quand l'éclipse en plein jour se rue au ciel & mord
L'astre par qui tout vit, la terreur des sauvages
Est imbécile ; à plat ventre sur les rivages,
Ils n'osent plus bouger, & contre eux tout est fort.

Qu'ils soient lâches & vils, ils en tombent d'accord.
C'est le moment infâme où tous les esclavages
Sont possibles. Affronts, brutalités, ravages,
Ils consentent à tout, car le soleil est mort.

Le soleil ne meurt pas ! Les présentes minutes,
Certe, ont de quoi troubler les enfants & les brutes ;
Mais nous, je voudrais voir qu'on nous persuadât

Qu'en se ruant dessus, la soutane du prêtre,
La simarre du juge & l'habit du soldat
Ont tué le soleil, — que je vois reparaître !

LEON VALADE

LA CHUTE.

Eau-forte

PAR

SOLON.

LA CHUTE

Vierge au front droit pressé du casque qui se bombe,
Secours-moi : sur ces monts j'allais cherchant des fleurs,
Et l'Amour m'a surprise, & vois, sourd à mes pleurs,
Il m'entraîne... Minerve ! à mon aide, ou je tombe.

— Trop tard, nymphe. Je lis sur ton front sans couleurs
Que son baiser, par qui toute pudeur succombe,
A déjà mis en toi des langueurs de colombe...
Adieu : je te prédis la honte & les douleurs.

— Eh qu'importe l'affront ! qu'importe que je souffre,
Si l'Amour avec moi doit rouler dans le gouffre !
Par l'Amour quel exil ne serait consolé ?

— Suis-le donc ; mais connais ta destinée, & tremble :
Dans l'inconnu profond vous tomberez ensemble,
Mais il en reviendra tout seul, l'enfant ailé.

PAUL VERLAINE

LE PITRE.

Eau-forte

PAR

RAJON.

LE PITRE

Le tréteau qu'un orchestre emphatique secoue
Grince sous les grands pieds du maigre baladin
Qui parade — non sans un visible dédain
Des badauds s'enrhumant devant lui dans la boue.

La courbe de ses reins & le fard de sa joue
Excellent. Il pérore & se tait tout soudain,
Reçoit des coups de pied au derrière, badin
Baise au cou sa commère énorme & fait la roue.

Il accueille à merveille & rend bien les soufflets ;
Son court pourpoint de toile à fleurs & ses mollets
Tournants jusqu'à l'abus valent que l'on s'arrête.

Mais ce qu'il sied vraiment d'exalter, c'est surtout
Cette perruque d'où se dresse, sur sa tête,
Preste, une queue avec un papillon au bout.

JEAN VIRETON

APRÈS LA HARANGUE.

Eau-forte

PAR

BOILVIN.

APRÈS LA HARANGUE

Quand maître Janotus eut tenu maints propos
Touchant cloches, bourdons, lard de Troye & saucisses,
Non sans tousser, cracher & pareils exercices,
Tous cuidèrent crever de rire dans leurs peaux.

Eudémon & le bon Gymnaste sans repos
S'esclaffaient, nez à nez, comme deux aruspices;
Ponocrates jugea que rires sont épices
Et, béant de plaisir, huma quatorze pots.

Mais quand, ouvrant sa bouche hilare & colossale,
Gargantua, pâmé, secoua la grand'salle
D'un rire si profond qu'il faillit étouffer :

Alors on vit, parmi le fracas des ferrailles
Qui se heurtaient le long des joyeuses murailles,
Les cuirasses se tordre & les casques pouffer.

TABLE

CE LIVRE

IMPRIMÉ PAR J. CLAYE

POUR ALPHONSE LEMERRE, ÉDITEUR

A ÉTÉ TERMINÉ LE 20 DÉCEMBRE

1868

Ornements dessinés par M. E. RENARD & gravés par M. PRUNAIRE.

Eaux-fortes imprimées par M. SALMON.